AF234043

CATALOGUE

DE

LIVRES ANCIENS

LA PLUPART EN PETIT FORMAT

ET IMPRIMÉS PAR LES ELZEVIER

PROVENANT

DE LA BIBLIOTHÈQUE DU CHATEAU DE ···

DONT LA VENTE AURA LIEU

Le Lundi 5 Mars 1876, à 7 h. 1/2 précises du soir

Rue des Bons-Enfants, 28, maison Silvestre, salle 1

Par le ministère de Me **MAURICE DELESTRE**, commissaire-priseur

SUCCESSEUR DE M. DELBERGUE-CORMONT

27, rue Drouot, 27

Alain Chartier. *Galliot du Pré*, 1529. — Les Odes d'Horace en vers burlesques, 1653. — Longus. Les Amours de Daphnis et Chloé, 1718. Figures du Régent. *Superbe exemplaire.* — Marguerites de la Marguerite des princesses. *Jean de Tournes*, 1547. In-8°, maroquin (ancienne reliure). — Clément Marot. *Elzevir*, 1700. — Montaigne. *Elzevir*, 1659. — Rabelais, édition de Le Duchat, 1741. 3 vol. in-4°. — Regnier. *Elzevir*, 1652. In-12. — Satyre Menippée. *Elzevir*, 1664.

PARIS

ADOLPHE LABITTE

LIBRAIRE DE LA BIBLIOTHÈQUE NATIONALE

4, rue de Lille, 4

—

1877

CONDITIONS DE LA VENTE

La vente se fait au comptant.

Les acquéreurs payeront 5 p. % en sus des enchères, applicables aux frais.

Les réclamations devront être faites dans les vingt-quatre heures de l'adjudication. Passé ce délai, ou une fois sortis de la salle de vente, les ouvrages adjugés ne seront repris pour aucune cause.

Il y aura, de deux à quatre heures, exposition des livres composant la vacation du soir.

Le libraire chargé de la vente remplira les commissions des personnes qui ne pourraient y assister.

ORDRE DE LA VACATION

Nᵒˢ 75 à 139.
1 à 74.

PARIS. — TYP. G. CHAMEROT, RUE DES SAINTS-PÈRES. 19.

CATALOGUE

DE

LIVRES ANCIENS

LA PLUPART EN PETIT FORMAT

ET IMPRIMÉS PAR LES ELZEVIER

PROVENANT DE LA

BIBLIOTHÈQUE DU CHATEAU DE ***.

---

1. Advis fidèle aux véritables Hollandois touchant ce qui s'est passé dans les villages de Swammerdam, etc., et les cruautés inouïes que les François y ont exercées (*A la Sphère*), 1673, in-4, br.

    Figures de Romeyn de Hooge.

2. ALAIN CHARTIER. Les OEuvres de Maistre Alain Chartier, en son vivant secrétaire du feu roy Charles VIIe du nom. *On les vend à Paris en la grant salle du Palais, au premier pillier, en la bouticque de Galliot du Pré*, 1529, pet. in-8, mar. citron (*Anc. rel.*)

    133 mill. Exemplaire très-bien conservé.

3. Alquié. Histoire curieuse du siége de Candie, par François Savinien d'Alquié. *A Amsterdam, chez Henry et Théodore Boom*, 1671, 2 parties en 1 vol. in-12, vélin.

4. Les Amours d'Anne d'Autriche, épouse de Louis XIII, avec M. le C. D. R., le véritable père de Louis XIV, aujourd'hui roi de France. *A Co-*

logne, *chez Guillaume Cadet*, 1692, in-12, mar.
v. fil. tr. dor. (*Bradel.*)

5. Aur. Augustini libri XIII Confessionum. *Lugd.,
apud Danielem Elzevirium*, 1675, in-12, front.
gravé. mar. r. fil. (*Thouvenin.*)

135 mill. Cassure raccommodée au feuillet 169.

6. Auli Gellii Noctes atticæ. *Amstel., apud Lud.
Elzevirium*, 1651, in-12, front. gravé, mar. viol.,
ornem. dorés. (*Larrivière.*)

132 millimètres.

7. Balzac. Les OEuvres diverses du sieur de Balzac.
A Leyde, chez les Elzeviers, 1651, in-12, vélin.

8. Balzac. Aristippe, ou de la Cour, par Monsieur
de Balzac. *A Leyde, chez Jean Elzevier*, 1658,
in-12, titre gravé, vélin, à recouvrements.

9. Balzac. Lettres choisies du sieur de Balzac. *Amsterdam, chez les Elzeviers*, 1678, in-12, vélin.

136 millimètres.

10. Barclaii Argenis. *Lugd. Bat., ex officina Elzeviriana*, 1630, in-12, titre gravé, mar. r. fil. tr.
dor. (*Anc. rel.*)

Exemplaire de Gaillard, 128 millimètres.

11. D. Baudii Amores, edente Scriverio. *Amstel.,
apud Lud. Elzevirium*, 1638, in-12, portr. v.
ant. fil. tr. dor. (*Simier.*)

12. Theodori Bezæ poemata. *S. l. n. d.*, in-16,
car. r. mar. bl. fil. tr. dor. (*Bozérian.*)

13. Pietra del Paragone politico di Trajano Boccalini.
Cosmopoli, 1671, in-16, mar. bl. fil. (*Lefèvre.*)

Exemplaire non rogné. Frontispice gravé et figures à l'eau-forte.

14. OEuvres diverses du sieur D****, avec le traité
du Sublime ou du merveilleux dans le discours,
trad. du grec de Longin. *Suivant la copie imprimée à Paris (Hollande, Elzevier, à la Sphère)*, 1675,
gr. in-12, vélin.

Titre gravé. 145 millimètres.

15. Bouclier d'estat et de justice, contre le dessein manifestement découvert de la monarchie universelle sous le vain prétexte des prétentions de la reyne de France. *S. l.*, 1667, in-12, vélin.

132 millimètres.

16. Buchanani poemata. *Lugd. Bat., ex off. Elzeviriana*, 1628, in-16, titre gravé, mar. r. fil. tr. dor. (*Anc. rel.*)

17. Busbequii omnia quæ extant. *Lugd. Bat., ex officina Elzeviriana*, 1633, in-16, titre gravé, v. fil. tr. dor.

18. Julii Cæsaris quæ extant, ex emendatione Scaligeri. *Lugd. Bat., ex. off. Elzeviriana*, 1635, in-12, mar. r. dent. tr. dor. (*Bozérian.*)

125 mill. La meilleure édition sous cette date.

19. CÉSAR. La Guerre de Jules César dans les Gaules (trad. revue par de Wailly). *Parme, de l'imprimerie royale*, 1786, 3 vol. in-8, fig. grand papier, mar. r. fil. tr. dor.

20. CERVANTES. Histoire de l'admirable Don Quichotte de la Manche, traduite de l'espagnol (suivie des Nouvelles). *Amsterdam, Arkstée et Merkus*, 1768, 8 vol. in-12, demi-rel.

Figures de Folkema. Exemplaire non rogné.

21. Cervantes. Don Quixotte, 24 gravures par Westall. In-fol.

Épreuves sur chine avant la lettre.

22. Chapelain. La Pucelle, ou la France délivrée, poëme héroïque, par Chapelain. *Suivant la copie imprimée à Paris*, 1656, in-12, bas. tr. dor.

Frontispice gravé et figures. Un peu court en tête.

23. CHARRON. De la Sagesse. *A Leide, chez Jean Elzevier, sans date*, in-12, titre gravé, mar. bl. fil. tr. dor. (*Thouvenin.*)

Très-bel exemplaire. 132 millimètres.

24. Charron. De la Sagesse, trois livres, par P. Charron. *A Leide, chez Jean Elzevier*, 1656, in-12, v. br.

136 millimètres.

25. (Les) Chastelains de Lille, leur ancien estat, office et famille, par Floris Van des Haer. *A Lille*, 1611, in-4, v.

Aux armes de Harlay, comte de Beaumont.

26. Ciceronis Opera omnia. *Lugd. Bat., ex officina Elzeviriana*, 1642, 10 vol. in-12, maroq. r. dent. tr. dor. (*Anc. rel.*)

27. Cl. Claudiani quæ exstant. Nic. Heinsius recensuit *Lugd. Bat., ex offic. Elzev.*, 1650, in-12, front gravé, mar. r. dent. tr. dor. (*Simier.*)

136 mill. Bel exemplaire.

28. Codicille d'or, ou petit recueil tiré de l'Institution d'un prince chrestien par Erasme, mis en françois, avec d'autres pièces. (*A la Sphère*), 1665, in-12, v. f. fil. tr. dor.

132 millimètres.

29. Collection des anciens moralistes, *Paris, Didot*, 1782-1790, 18 vol. — Les Livres classiques de la Chine, *Paris, de Bure*, 1784, 7 vol. — Ensemble 25 vol. pet. in-12, vélin tr. dor.

Bel exemplaire en papier vélin et papier fin.

30. Commines. Les Mémoires. *A Leide, chez les Elzeviers*, 1848, in-12, maroq. rouge, fil. tr. dor. (*Anc. rel.*)

127 mill. Exemplaire réglé.

31. (Les) Constitutions du monastère de Port-Royal du Saint-Sacrement. *A Mons, chez Gaspard Migeot (à la Sphère)*, 1665, in-12, vélin.

133 millimètres.

32. Corneille. Théâtre, avec des commentaires (par Voltaire), 1765, 12 vol. in-8, v. f. *Figures de Gravelot.*

33. Corpus juris civilis. *Amstelæd., apud L. et D. Elzevirium*, 1663, in-fol. titre gravé, vélin.

Bel exemplaire.

34. Conciones et orationes ex historicis latinis excerptæ. *Amstelodamiæ, ex officina Elzeviriana*, 1662, in-12, titre gravé vélin.

134 millimètres.

35. La Conjuration du comte Jean-Louis de Fiesque (trad. de l'italien par le cardinal de Retz). *A Cologne (à la Sphère)*, 1665, in-12, mar. r. tr. dor. (*Simier.*)

125 mill. Bel exemplaire d'une édition fort jolie et fort rare.

36. Q. Curtii de rebus gestis Alexandri magni. *Parisiis, Barbou*, 1757, in-12, v. f. fil. tr. dor.

37. La Dance aux aveugles et autres poésies du XVᵉ siècle. *Se vend à Lille, chez Panckoucke*, 1748, in-12, demi-rel.

Exemplaire non rogné.

38. Psalterium Davidis. *Lugduni apud, Elzevirios*, 1653, in-12, titre gravé, mar. r. tr. dor. (*Anc. rel.*)

39. Discours merveilleux de la vie, actions et déportements de la reine Catherine de Médicis. *A la Haye, chez Adrian Vlacq*, 1663, *jouxte la copie imprimée à Paris*, in-12, demi-rel.

40. Dissertationum ludicrarum, amœnitatum scriptores varii. *Lugd. Bat., apud Haetium*, 1638, in-12, titre gravé, mar. r.

41. Du Refuge. Traicté de la cour, ou instruction des courtisans, par M. du Refuge. *A Leide, chez les Elzeviers*, 1649, in-12, vélin.

42. Les Entretiens d'Ariste et d'Eugène (par le Père Bouhours). *A Amsterdam, chez Jacques le Jeune (à la Sphère)*, 1671, in-12, mar. r. fil. tr. dor. (*Simier.*)

130 mill. Frontispice gravé.

43. Des. Erasmi Colloquia. *Lugd. Bat., ex off.
Elzeviriana*, 1643, in-12, front. gravé, mar. r.
fil. tr. dor. (*Thouvenin.*)

130 millimètres.

44. Adagiorum Erasmi epitome. *Amstel., apud Lud.
Elzevirium*, 1650, in-12, mar. r. dent. tr. dor.
(*Simier.*)

132 millimètres.

45. FIGUEROA. Histoire de l'empereur Charles V, par
Figueroa, traduite d'espagnol en françois par le
sieur du Perron le Hayer. *A Bruxelles, chez François Foppens*, 1663, in-12, vélin à recouvrements.

130 millimètres.

46. Filli di Sciro, favola pastorale del conte Gui-
dubaldo de' Bonarelli. *In Amsterdam, Dan. Elzevier*, 1678, pet. in-16, maroq. r. fil. tr. dor.
(*Anc. rel.*)

Figures à l'eau-forte.

47. L.-A. Ficrus. Claud. Salmasius addidit Lucium
Ampelium. *Lugd. Bat., apud Elzevirios*, 1638,
in-12, titre gravé, demi-rel.

48. Gronovii ad Senecas notæ. *Lugd. Bat., ex off.
Elzeviriana*, 1649, in-12, v.

49. Gualdo. Histoire du ministère du cardinal Jules
Mazarin, descrite par le comte Galeazzo Gualdo.
A Amsterdam, chez Henry et Théod. Boom, 1671,
in-12, vélin à recouvr.

133 mill. Première partie.

50. Histoire de la ville de Rouen (par dom Ignace,
et revue par du Souilhet). *Rouen*, 1731, 2 t. en
1 vol. in-4, vél.

51. Histoire des amours de Henry IV, avec diverses
lettres escrites à ses maitresses et autres pièces
curieuses. *A Leyde, chez Jean Sambix (à la
Sphère)*. 1663, in-12, mar. r. dent. tr. dor.

52. Hogarth. Planches diverses. 11 pièces in-fol.

Mariage à la mode, 6 planches. ═ Le Marché au moment des élections. ═ L'Enragé musicien. ═ Le poëte distrait, etc.

53. Quinti Horatii Flacci poemata scholiis sive annotationibus instar commentarii illustrata a Joanne Bond. *Amstelodami*, 1676, in-12, titre gravé, mar. r. fil. tr. dor. (*Vogel.*)

132 millimètres.

54. Les Odes d'Horace, en vers burlesques. *Leyde, chez Jean Sambix (à la Sphère)*, 1653, in-12, mar. fil. tr. dor. (*Vogel.*)

Bel exemplaire d'un volume très-rare. 131 millimètres.

55. Howel. Dendrologie, ou la Forest de Dodone, par Jacques Howel, gentilhomme breton-anglois. *Paris, Aug. Courbé*, 1641, in-4, v. f., *fig. de C. Mélan et Abr. Bosse.*

Ouvrage de politique où l'on introduit les souverains de l'Europe sous la dénomination de différents arbres.

56. (Les) Imaginaires et les Visionnaires, ou lettres sur l'hérésie imaginaire, par le sieur de Damvilliers. *A Liége, chez Adolphe Beyers*, 1667, 2 vol. in-12, vélin.

131 millimètres.

57. Justini historiarum libri, cum notis Vossii. *Lugd. Bat., ex off. Elzeviriana*, 1640, in-12, titre gravé, mar. r. fil. tr. dor. (*Bradel.*)

127 millimètres.

58. Juvenalis et Persii satyræ, cum annotationibus Th. Farnabii. *Amstelædami, Blaeu*, 1630, in-12, mar. v. fil.

Exemplaire non rogné.

59. Thomæ à Kempis, de Imitatione Christi libri IV. *Lugd. Bat., apud Elzevirios, s. d.*, in-12, mar. r. fil. tr. dor. (*Lefevre.*)

La marge inférieure de plusieurs feuillets a été refaite. 123 millimètres.

60. Th. à Kempis, de Imitatione Christi libri IV,

Lugd., ex officina Elzeviriana, 1658, in-12, c. de R. tr. dor.

61. J. Kirchmanni de funeribus Romanorum libri IV. *Lugd. Bat.*, 1672, in-12, vél. fig.

62. Laus asini, tertia parte auctior. *Lugd. Bat., ex off. Elzev.*, 1629, in-16, titre gravé, vélin à recouvrements.

63. Contes et Nouvelles en vers, par de la Fontaine. *Amsterdam*, 1745, 2 vol. pet. in-8, v.

Figures à mi-pages.

64. Le Moyne. La Gallerie des femmes fortes, par par le P. Pierre Le Moyne. *A Leide, chez Elzevier, et se vend à Paris, chez Charles Angot*, 1661, in-12, v.

Frontispice gravé et portraits. Exemplaire court de marges.

65. Le Pays. Les Nouvelles OEuvres de M. le Pays. *Amsterdam, chez Abraham Wolfgang, suivant la copie de Paris (au Quærendo)*, 1671, 2 part. en 1 vol. in-12, titre gravé vélin.

66. LE SAGE. Gil Blas. Suite de 24 planches, par Smirke, in-4.

Épreuves sur chine.

67. LONGUS. LES AMOURS PASTORALES DE DAPHNIS ET CHLOÉ (de Longus, trad. par Amyot). *S. L.*, 1718, in-8, titre gravé d'après Coypel et figures du Régent, maroq. vert, fil. larges dentelles avec cœurs enflammés et oiseaux, dos orné et tr. dor. (*Derome.*)

L'un des beaux exemplaires de cet ouvrage. La figure dite des *Petits-Pieds* s'y trouve. La reliure est d'une extrême fraîcheur.

68. Linage. Mémoires sur l'origine des guerres qui travaillent l'Europe depuis cinquante ans, par P. Linage de Vauciennes. *A Cologne, chez Pierre du Marteau*, 1678, 2 parties en 1 vol. in 12, vélin à recouvrements.

132 millimètres.

69. Lucain. La Pharsale de Lucain, en vers françois, par de Brébœuf. *A Leide, chez Jean Elzevier*, 1658, in-12, front. gravé vélin, tr. dor.

70. H. Magii de Tintinnabulis. *Amstelædami, apud
Wetstenium*, 1689, in-12, titre gravé, vélin.

71. Traité de la nature et de la grâce, par Mallebranche. *Amsterdam, chez Dan. Elzevier*, 1688,
in-12, vélin.

138 mill. Avec la suite publ. en 1681. Légères piqûres aux premiers et
aux derniers feuillets.

72. Méditations chrestiennes (par Mallebranche). *A
Cologne, chez Balthasar d'Egmond (à la Sphère)*,
1683, in-12, mar. r. fil. tr. dor. (*Simier.*)

135 mill. Bel exemplaire d'une très-jolie édition.

73. La Manière de bien penser dans les ouvrages
d'esprit, dialogues (par le P. Bouhours). *Suivant la
copie, à Amsterdam, chez Abraham Wolfgang
(au Quærendo)*, 1688, in-12, mar. r. fil. tr. dor.
(*Simier.*)

136 mill. Bel exemplaire.

74. MARGUERITES DE LA MARGUERITE des princesses, très-illustre royne de Navarre. *A Lyon, par
Jean de Tournes*, 1547, in-8, 2 tomes en 1 vol.,
mar. r. fil. tr. dor. (*Anc. rel.*)

Superbe exemplaire, réglé, de cette édition rare et recherchée. Il a
168 mill. de hauteur et sa reliure est très-bien conservée.

75. Mémoires de la reyne Marguerite. *A Bruxelles,
chez Fr. Foppens*, 1659, in-12, mar. r. fil. tr. dor.
(*Anc. rel.*)

Exemplaire lavé et qui a été replacé dans son ancienne reliure, 126 millimètres.

76. L'Adone, poëma heroïco, del Marino. *In Amsterdam, D. Elsevier*, 1678, 4 vol. in-16, mar. r.
tr. dor. (*Anc. rel.*)

Frontispice gravé et figures à l'eau-forte de Séb. Leclerc. Bel exemplaire.

77. LES OEUVRES de Clément Marot. *A la Haye, chez Adrien Moetjens*, 1700, 2 vol. in-12, mar. r. fil. tr. dor. (*Anc. rel.*)

Bel exemplaire du premier tirage sous cette date, 132 millimètres.

78. Martialis ex musæo Petri Scriverii *Amstelodami, typis Ludovici Elzevirii*, 1650, in-16, titre gravé, mar. r. fil. tr. dor. (*Anc. rel.*)

79. Mémoires historiques et secrets concernant les amours des rois de France. *A Paris, vis-à-vis le Cheval de Bronze*, 1739, in-12, mar. v. fil. tr. dor. (*Derome.*)

Quelques taches à plusieurs feuillets, 133 millimètres.

80. Mémoire pour les co-seigneurs de la baronnie de la Faye-en-Forez, au sujet du droit de lod. *Paris, Saugrain*, 1769, 3 vol. in-4, v.

Recueil de pièces intéressantes pour l'histoire du Forez.

81. Ægidii Menagii poemata. *Amstel.; ex off. Elzeviriana*, 1663, in-12, mar. fil. tr. dor.

Cette édition renferme les poésies françaises, 134 millimètres.

82. MÉZERAY. Abrégé chronologique de l'Histoire de France. *Amsterdam, Abraham Wolfgang*, 1673, 6 vol. — Histoire de France avant Clovis, 1688. — Ensemble 7 vol. in-12, vélin à recouvrements.

151 mill. Le dernier vol. est en veau.

83. MONTAIGNE. Les Essais. *Amsterdam, Antoine Michiels*, 1659, 3 vol. in-12, v.

151 millimètres.

84. MOORE's Lalla Rookh. Illustrations from paintings, by Smirke, *London*, 1822, 16 planches in-fol. dans un carton.

Épreuves sur chine.

85. MORLIÈRE (Ad. de la). Le premier livre des Antiquitez, histoires et choses plus remarquables de la ville d'Amiens, poétiquement traicté par Adrian de la Morlière. *Paris, Denys Morcau*, 1627, in-4, vélin.

86. Le Népotisme de Rome, ou relation des raisons qui portent les papes à agrandir leurs neveus, traduction de l'italien. (*A la Sphère*), 1669, 1 tome en 2 parties, in-12, v. f.

Le titre est raccommodé dans la marge supérieure.

87. (Les) Nouvelles Lumières politiques pour le gouvernement de l'Eglise, ou l'Evangile nouveau du cardinal Palavicin, révélé par luy dans son Histoire du Concile de Trente. *Suivant la copie imprimée à Paris, chez Jean Martel (à la Sphère)*, 1676, in-12, vélin à recouvrements.

130 millimètres.

88. Nova Grammatica gallica. Nouvelle Grammaire françoise. *A Paris, et se vend à Bruxelles, chez Henry Frick*, 1688, in-12, mar. r. fil. tr. dor. (*Thouvenin.*)

130 mill. Note de Charles Nodier sur la garde.

89. Ovidii opera, Daniel Heinsius textum recensuit. *Lugd. Bat., ex off. Elzeviriana*, 1629, 3 vol. pet. in-12. mar. bl. tr. dor. (*Simier.*)

90. Publ. Ovidii Nasonis opera. *Amstelædami, ex off. Elzeviriana*, 1658, 3 vol. in-12, frontispice gravé, mar. r. fil. tr. dor. (*Anc. rel.*)

130 millimètres.

91. Epigrammatum Owenii editio postrema *Amsterod., apud L. Elzevirium*, 1647, in-16, mar. r. fil. tr. dor. (*Armes sur les plats.*)

92. Paradoxes, ce sont propos contre la commune opinion, débatuz en forme de déclamations forenses, pour exerciter les jeunes esprits en causes difficiles. *A Paris, par Ch. Estienne*, 1553, pet. in-8, mar. r. fil. tr. dor.

Imprimé en caractères italiques. Petite piqûre. Nom gratté sur le titre. Exemplaire grand de marges avec témoins.

93. Pascal. Les Provinciales, ou lettres escrites par Louis de Montalte à un de ses amis, par Blaise

Pascal. *A Cologne, chez Pierre de la Vallée,* 1657, in-12, vélin.

132 mill. Bonne édition sous cette date.

94. PASCAL. Les Provinciales, en quatre langues. *A Cologne,* 1684, in-8, mar. r. fil. tr. dor.

Bel exemplaire en ancienne reliure.

95. Pascasii Justi de Alea. *Amsterodami, apud. Lud. Elzevirium,* 1642, in-16, titre gravé, v. f.

96. Titi Petronii Arbitri Satyricon. *Amstelædami,* 1677, in-16, frontispice gravé, vélin.

Exemplaire non rogné.

97. Plinii Historiæ naturalis libri XXXVII. *Lugd. Bat., ex officina Elzeviriana,* 1635, 3 vol. in-12, mar. v. fil. tr. dor.

Jolie reliure bien conservée. Exemplaire court de marges.

98. (Le) Politique du temps, ou le Conseil fidelle sur les mouvemens de la France, tiré des événemens passez pour servir d'instructions à la triple ligue. *A Charleville,* 1671, in-12, vélin, à recouvrements.

Exemplaire de Courbonne.

99. Polydori Vergilii de rerum inventoribus libri VIII. *Amstel., apud Danielem Elzevirium,* 1671, in-12, titre gravé, mar. r. dent. tr. dor. (*Lefèvre.*)

100. Aur. Prudentii quæ exstant. *Amstelodami, apud Danielem Elzevirium,* 1667, in-12, vélin.

131 millimètres.

101. (Il) Puttanismo romano, o vero Conclave generale delle puttane della Corte per l'elettione del nuovo Pontifice, 1658, in-12, v. f. fil. tr. dor. (*Derome.*)

102. RABELAIS. OEUVRES DE MAISTRE FRANÇOIS RABELAIS, avec notes par le Duchat. *Amsterdam, Frédéric Bernard,* 1741, 3 vol. in-4, v. f. *fig. de Bernard Picart.*

Reliure de Vogel.

103. Les OEuvres de Rabelais. *Paris, Desoer*, 1820,
3 vol. in-12, demi-rel non rogné.

Exemplaire en papier vélin de diverses couleurs.

104. OEuvres de Racine. *Suivant la copie imprimée
à Paris (au Quærendo)*, 1682, 2 vol. in-12, v. f.
fil. front. gravé.

120 millimètres.

105. Racine. Suite de 12 planches par Desenne, gr.
in-8.

Épreuves avant la lettre.

106. Recueil de diverses pièces servant à l'histoire
de Henry III. *A Cologne, chez Pierre du Marteau,*
1663, in-12, demi-rel.

107. Recueil de quelques pièces nouvelles et galan-
tes, tant en prose qu'en vers. *A Cologne, chez
Pierre du Marteau*, 1667, 2 part. en 1 vol. in-12,
c. de R. fil. tr. dor. (*Simier.*)

131 millimètres.

108. REGNIER. LES SATYRES et autres œuvres du sieur
Regnier. *A Leiden, chez Jean et Daniel Elzevier,*
1652, in-12, vélin bl. tr. dor.

109. Regulæ societatis Jesu. *Romæ*, 1582, in-8,
mar. r. large dentelle, fil. tr. dor. (*Derome.*)

Bel exemplaire. Le titre a des raccommodages.

110. Relation de la conduite présente de la cour de
France, adressée à un cardinal à Rome, traduite
d'italien en françois. *A Leyde, chez Antoine du
Val (à la Sphère)*, in-12, vélin.

111. Relation d'un voyage en Angleterre, par Sor-
bière. *A Cologne, chez Pierre Michel (à la Sphère),*
1666, in-12, mar. r. dent tr. dor. (*Bozerian.*)

126 mill. Dans le même volume : Réponse aux invectives qui se lisent
dans la Relation du Voyage en Angleterre, 1675.

112. Remy. La Magdeleine de F. Remy de Beauvais,
capucin de la province des Pays-Bas. *A Tournay,*

chez Charles Martin, 1617, petit in-8, titre gravé,
fig. v. quadr. (*Simier.*)

Exemplaire grand de marges, avec témoins.

113. Rocolès. Les Imposteurs insignes, par J. Bap-
tiste de Rocolès. *A Amsterdam, chez Abraham
Wolfgang (à la Sphère)*, 1683, in-12, v. ant. fil.
tr. dor. (*Thouvenin.*)

Frontispice gravé et portraits, 131 millimètres.

114. J. Sannazarii Opera. *Venetiis, Aldus*, 1535,
in-8, mar. r. tr. dor.

Exemplaire dont toutes les initiales sont en or. Sur le dernier feuillet on
lit : *G. Grolierij Lugdunen. et amicorum.* La reliure est moderne.

115. Satyre Ménippée. De la vertu du Catholicon
d'Espagne et de la tenue des estats de Paris. *A
Ratisbonne, chez Mathias Kerner*, 1664, in-12,
mar. bl. fil. tr. dor.

130 mill. Exemplaire sur papier fort avec la figure de la procession de la
ligue.

116. Satyre Ménippée. De la vertu du Catholicon
d'Espagne et de la tenue des Estats de Paris. *A
Ratisbonne, chez Mathias Kerner*, 1664, in-12,
v. ant. fil. tr. dor. (*Thouvenin.*)

131 mill. Exemplaire sur papier fin, avec les 3 planches.

117. Savilius in Taciti historiam et commentarius
de militia romana. *Amstel., apud Lud. Elzevirium*, 1649, in-12, titre gravé, mar. bl. fil. tr.
dor. (*Courteval.*)

118. Saint-Amant. Moyse sauvé, idyle héroïque
du sieur de Saint-Amant, à la serenissime reyne
de Pologne et de Suède. *A Leyde, chez Jean
Sambix (à la Sphère)*, 1654, in-12, titre gravé,
vélin à recouvrements.

119. G. Schonborneri Politicorum libri VII. *Ams-
ter., apud Ludovicum Elzevirium*, 1650, in-12,
titre gravé, v. f.

131 millimètres.

120. Senault. De l'Usage des passions, par le R. P.

Senault. *A Leide, chez Jean Elzevier*, 1658, in-12, titre gravé, vélin.

129 mill. L'angle supérieur des derniers feuillets est usé.

121. Senault (le R. P.). L'Homme chrestien, ou la Réparation de la nature et de la grâce. *Amsterdam, chez Pierre le Grand*, 1665, in-12, vélin à recouvr.

132 millimètres.

122. Senault (le R. P.) L'Homme criminel, ou la Corruption de la nature par le péché. *Amsterdam, chez Pierre le Grand*, 1665, in-12, vélin à recouvr.

134 millimètres.

123. Sentimens de Cléante sur les entretiens d'Ariste et d'Eugène. *Suivant la copie imprimée à Paris, chez Pierre le Monnier*, 1672, in-12, mar. r. fil. tr. dor. (*Simier.*)

129 millimètres.

124. L. Annæi Senecæ philosophi Opera omnia. *Lugd. Bat., apud Elzevirios*, 1649, 3 vol. in-12, v. f. (*Anc. rel.*)

130 millimètres.

125. Silhon. Le Ministre d'Estat, avec le véritable usage de la politique moderne, par le sieur de Silhon. *Jouxte la copie imprimée à Paris (à la Sphère)*, 1641, in-12, vélin à recouvrements.

126. Sulpitii Severi Opera quæ extant *Amstel., ex officina Elzeviriana*, 1656, in-12, mar. r. fil. tr. dor. (*Anc. rel.*)

127. C. Cornelius Tacitus ex J. Lipsii editione cum notis Grotii. *Lugd. Bat., ex officina Elzeviriana*, 1640, 1 tome en 2 vol. pet. in-12, front. gravé, mar. r. fil. tr. dor. (*doublé de moire.*)

Bel exemplaire, 130 millimètres

128. Aminta, favola boscareccia di Torquato Tasso. *In Amsterdam, D. Elzevier*, 1678, pet. in-16, mar. r. fil. tr. dor. (*Anc. rel.*)

Figures à l'eau-forte.

129. Il Goffredo, o vero Gierusalemme liberata, di

Torquato Tasso. *In Amsterdam*, *D. Elzevier*, 1678, 2 vol. in-16, mar. r. tr. dor. (*Anc. rel.*)
Titre gravé, figures à l'eau-forte.

130. P. Terentii Comœdiæ sex, ex recensione Heinsiana. *Lugd. Bat., ex off. Elzeviriana*, 1635, in-12, frontispice gravé, mar. vert, fil. tr. dor. (*Derome.*)
Bel exemplaire. 124 millimètres.

131. Novum Testamentum (græcum) *Amstelodami, ex officina Elzeviriana*, 1678, in-16, v. f. fil. tr. dor.

132. Titi Livii Historiarum libri, ex recensione Heinsiana. *Lugd. Bat., ex off. Elzeviriana*, 1634, 3 vol. in-12, mar. r. fil. tr. dor. (*Anc. rel.*)

133. Titi Livii Historiarum libri, ex recensione Gronovii. *Lugd. Bat., ex off. Elzeviriana*, 1645, 4 vol. in-12, v. f. fil. tr. dor. (*Simier.*)

134. Traité des restitutions des grands. (*A la Sphère*), 1665, in-12, v. f. (*Rel. angl.*)
132 millimètres.

135. Jani Ulitii Venatio novantiqua. *Ex officina Elzevirianna*, 1645, in-12, titre gravé, mar. r. fil. tr. dor. (*Bozérian.*)
Bel exemplaire avec témoins, 134 millimètres.

136. VAUGELAS. Remarques sur la langue françoise, par M. de Vaugelas. *Amsterdam, chez Jean de Ravestein*, 1665, in-12, titre gravé, vélin.

137. (La) Vie du Père Paul (trad. de l'italien). *A Leyde, chez Jean Elzevier*, 1661, in-12, v. br.
128 millimètres.

138. Valerii Maximi dictorum factorumque memorabilium libri IX. *Amstel., typis Dan. Elzevirii*, 1671, in-16, br.
Exemplaire non rogné.

139. La Vie de François de Lorraine, duc de Guise. *Paris, Cramoisy*, 1681, in-12, mar. r. v. fil. tr. dor. (*Derome.*)
Très-bel exemplaire bien conservé. L'auteur est Valincourt.

Paris — Typographie Georges Chamerot, rue des Saints-Pères, 19.

RED. :

18

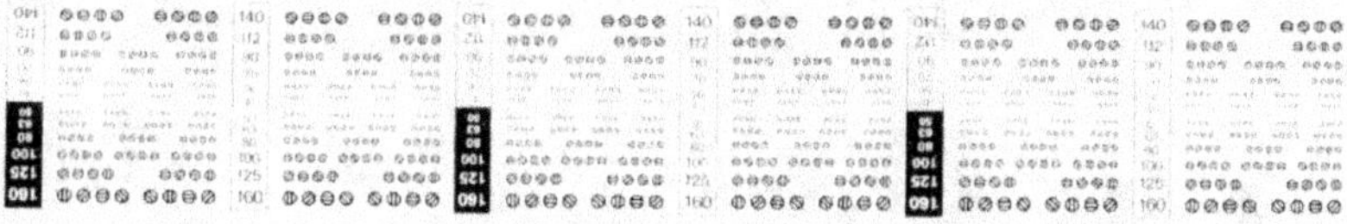

graphicom

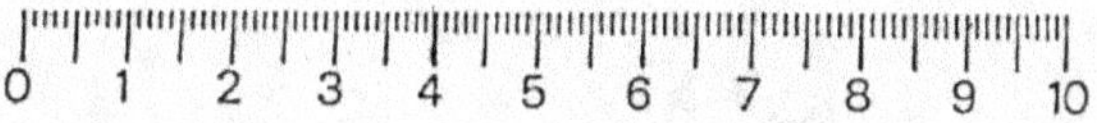

BIBLIOTHEQUE
NATIONALE
DE FRANCE

****

CHATEAU
DE
SABLE
1995